LA MLS

Un libro de Las Ramas de Crabtree

B. Keith Davidson
Traducción de Santiago Ochoa

CRABTREE
Publishing Company
www.crabtreebooks.com

Apoyos de la escuela a los hogares para cuidadores y maestros

Este libro de gran interés está diseñado con temas atractivos para motivar a los estudiantes, a la vez que fomenta la fluidez, el vocabulario y el interés por la lectura. Las siguientes son algunas preguntas y actividades que ayudarán al lector a desarrollar sus habilidades de comprensión.

Antes de leer:

- *¿De qué creo que trata este libro?*
- *¿Qué sé sobre este tema?*
- *¿Qué quiero aprender sobre este tema?*
- *¿Por qué estoy leyendo este libro?*

Durante la lectura:

- *Me pregunto por qué...*
- *Tengo curiosidad por saber...*
- *¿En qué se parece esto a algo que ya conozco?*
- *¿Qué he aprendido hasta ahora?*

Después de la lectura:

- *¿Qué intentaba enseñarme el autor?*
- *¿Qué detalles recuerdo?*
- *¿Cómo me han ayudado las fotografías y los pies de foto a comprender mejor el libro?*
- *Vuelvo a leer el libro y busco las palabras del vocabulario.*
- *¿Qué preguntas me quedan?*

Actividades de extensión:

- *¿Cuál fue tu parte favorita del libro? Escribe un párrafo al respecto.*
- *Haz un dibujo de lo que más te gustó del libro.*

ÍNDICE

TODO LO QUE NECESITAS ES UN BALÓN

El fútbol es uno de los deportes más populares del mundo. También es un deporte que casi cualquier persona puede practicar: solo se necesita un balón, un poco de espacio y algo para marcar una portería. Tal vez sea la simplicidad lo que hace que la gente lo llame «el juego bonito».

Se cree que el soccer, o fútbol, se desarrolló a partir de los juegos de pelota practicados por los antiguos griegos y romanos.

EL FÚTBOL, ¿UN DEPORTE DE LIGAS MAYORES?

En Estados Unidos y Canadá hay cuatro deportes principales: el fútbol americano, el baloncesto, el béisbol y el hockey. Durante mucho tiempo, no parecía que el fútbol fuera a abrirse paso en este mercado. Gracias al éxito olímpico y a la difusión de las ligas de fútbol juvenil, la Major League Soccer (**MLS**) ha despegado en Estados Unidos y Canadá.

Freddy Adu, con 14 años, se convirtió en el futbolista profesional más joven de la historia cuando se incorporó al equipo DC United en 2004. Ese año marcó cinco goles.

TODO ESTÁ EN LAS PIERNAS

Hay muchas formas de patear el balón en el fútbol y cada una tiene un nombre. Por ejemplo, el **taco** se utiliza para los pases cortos. Desde la impresionante **chilena** hasta el elegante «toque de rodilla», los movimientos del fútbol requieren que los jugadores utilicen únicamente los pies, los muslos y la cabeza, ¡pero no las manos!

chilena

toques de
rodilla

taco

EL MEDIOCAMPISTA

Los mediocampistas juegan entre los delanteros y la defensa. Su trabajo consiste en ser pasadores y **creadores de jugadas**; al mismo tiempo, tienen que estar siempre listos para defender. Cristian Roldán y Alexandru Mitrita son conocidos por sus habilidades como mediocampistas.

Alexandru Mitrita

centro delantero

centro delantero

mediocampista

mediocampista

mediocampista central

mediocampista central

lateral

lateral

defensa central

defensa central

portero

Este diagrama muestra a los jugadores en las zonas que son responsables de proteger. En un partido, se mueven arriba y abajo del campo siguiendo las jugadas y al balón.

LA DEFENSA

Desde el **saque inicial** del partido, los laterales se centran en defender. No marcan muchos goles pero demuestran su habilidad evitando anotaciones del rival. Deben ser capaces de bloquear a los delanteros contrarios, tomar el balón y enviarlo rápidamente hacia la portería del otro equipo.

AVANZANDO A LA DELANTERA

Los delanteros tienen la misión de anotar goles. El momento más importante para un delantero puede ser el **tiro de esquina**, en el que todos se acercan a la portería para darle al balón con el pie o la cabeza.

Chris
Wondoloski

Sean Davis

UN DATO DIVERTIDO

Chris Wondoloski es el máximo
goleador de la liga, con 166 goles.

EL PORTERO

El portero de fútbol soccer, que siempre trata de proteger el **segundo palo**, tiene más red de la que preocuparse que los porteros de otros deportes. Puede parecer injusto esperar que una sola persona proteja un área tan grande, pero es el único jugador al que se le permite usar las manos.

UN DATO DIVERTIDO

Dieciséis es el récord de partidos sin recibir gol o **valla invicta** en una temporada. Lo estableció Tony Meola cuando jugaba en los Kansas City Wizards.

TANDA DE PENALTIS

Muchos partidos de fútbol terminan en empate. Los empates se resuelven en una **tanda de penaltis**, una de las situaciones más angustiosas y emocionantes del fútbol. Los goles son rápidos y furiosos, pero cuando un portero hace una atajada, puedes apostar que será espectacular.

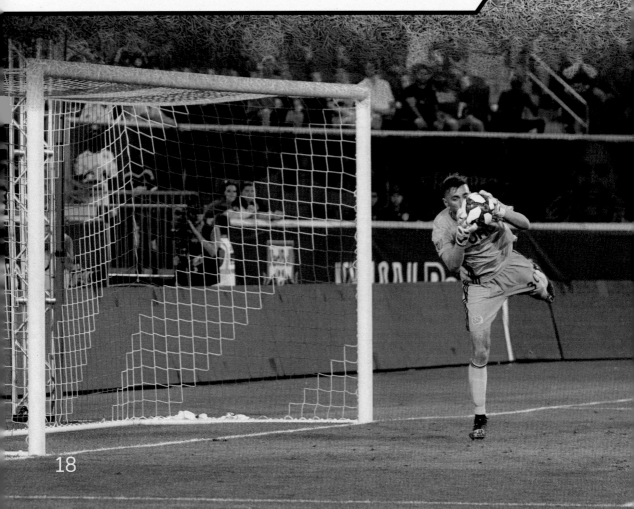

Carlos Vela tiene el récord de más goles en una sola temporada, con 34.

LOS ÁRBITROS

El árbitro se asegura de que los jugadores respeten las reglas. Si incumplen alguna, el árbitro pitará una **falta** o mostrará una tarjeta. Una tarjeta amarilla es una advertencia: el jugador puede seguir jugando. Las faltas graves reciben una tarjeta roja y el jugador debe salir del campo de juego.

Una segunda
tarjeta amarilla
en un partido
se convierte
automáticamente
en una tarjeta roja:
el jugador queda
expulsado.

LA COPA MLS

Tras una temporada de 34 partidos, que comienza en marzo y termina en octubre, dan inicio las eliminatorias de postemporada. Los mejores 18 equipos de la liga juegan partidos de eliminación directa, hasta que solo quedan dos. Estos dos equipos juegan un último partido por la Copa MLS.

La primera Copa MLS la ganó el DC United en 1996.

El Atlanta United celebra la obtención de la Copa MLS en 2018.

Los Seattle Sounders ganaron el trofeo del campeonato de la Conferencia Oeste en un partido de eliminatorias de la MLS contra el Minnesota United, el 7 de diciembre de 2020. Los Sounders llegaron a la final de la copa, pero fueron derrotados 3-0 por el Columbus Crew de Carolina del Sur.

UN DATO DIVERTIDO

En 1996, cuando comenzó la MLS, había 10 equipos. Actualmente, hay 27. En 2022, el Charlotte FC se unirá a la liga. Sacramento Republic y St. Louis City SC lo harán en 2023.

DAVID BECKHAM

POSICIÓN
MEDIOCAMPISTA

PARTIDOS JUGADOS	98
GOLES	97
ASISTENCIAS	40
MINUTOS JUGADOS	8.006

24

ANDRE BLAKE

POSICIÓN
PORTERO

PARTIDOS JUGADOS	145
ATAJADAS	460
RECORD DE: TRIUNFOS DERROTAS EMPATES	59 54 32
MINUTOS JUGADOS	13 013

CARRERA DE **2001 A 2016**

POSICIÓN
MEDIOCAMPISTA

PARTIDOS JUGADOS	340
GOLES	145
ASISTENCIAS	136
MINUTOS JUGADOS	26,896

CHRIS WONDOLOWSKI

CARRERA DE **2005 A LA FECHA**

POSICIÓN
DELANTERO

PARTIDOS JUGADOS	381
GOLES	166
ASISTENCIAS	42
MINUTOS JUGADOS	28 491

LA MLS

La MLS no está en la cima del mundo del fútbol. La Premier League inglesa, la Bundesliga y las ligas de toda Europa acaparan la atención, pero esta pequeña liga de fútbol se está ganando una buena reputación por su juego duro y su determinación.

La MLS está inspirando a la próxima generación de estrellas del fútbol en este lado del Atlántico.

UN DATO DIVERTIDO

El LA Galaxy tiene más victorias en la temporada regular que cualquier otro equipo de la MLS. También es el que más copas de la MLS ha ganado: cinco en total.

GLOSARIO

chilena: Una patada difícil que se realiza mientras el jugador está en posición horizontal y en el aire.

creadores de jugadas: Jugadores ofensivos que suelen generar movimientos o pases que terminan en goles.

falta: Acción deportiva que va en contra de las reglas.

MLS: Por sus siglas en inglés: Major League Soccer. Es la liga masculina de fútbol profesional de Estados Unidos y Canadá.

saque inicial: La patada al balón que da inicio a la acción en un partido.

segundo palo: El poste de la portería que está más lejos del jugador que tiene el balón.

taco: Patada que se realiza golpeando al balón hacia atrás con el talón.

tanda de penaltis: Método para decidir quién será el equipo ganador, en el que cinco jugadores de cada equipo intentan meter el mayor número de balones en la red.

tiro de esquina: Lanzamiento concedido al equipo ofensivo después de que el equipo defensivo haya pateado el balón fuera de la cancha.

valla invicta: Partidos en los que un equipo no se deja meter ningún gol.

ÍNDICE ANALÍTICO

DATOS CURIOSOS:

En 2007, David Beckham se convirtió en el primer «jugador designado» cuando firmó con el LA Galaxy. Un jugador designado puede cobrar mucho más de lo que permite el tope salarial, lo que no está nada mal.

Diecinueve victorias es la racha más larga que ha tenido un equipo. El Columbus Crew la consiguió en 2004–05. El FC Dallas repitió la hazaña en 2010.

Los MetroStars batieron el récord al mayor número de derrotas seguidas con 12 partidos, en 1999.

SITIOS WEB CON MÁS DATOS CURIOSOS (PÁGINAS EN INGLÉS):

www.dkfindout.com/us/sports/soccer

www.cbc.ca/kids/games/all/new-soccer

https://kidskonnect.com/sports/soccer

ACERCA DEL AUTOR

B. Keith Davidson

B. Keith Davidson creció jugando con sus tres hermanos y un montón de niños de su barrio; aprendió de la vida a través del deporte y la actividad física. Ahora enseña estos juegos a sus tres hijos.

Publishing Company

Produced by: Blue Door Education for Crabtree Publishing

Written by: B. Keith Davidson

Designed by: Jennifer Dydyk

Edited by: Tracy Nelson Maurer

Proofreader: Ellen Rodger

Traducción al español: Santiago Ochoa

Maquetación y corrección en español: Base Tres

Print and production coordinator: Katherine Berti

Reconocemos que algunas palabras, nombres de equipos y denominaciones, por ejemplo, mencionados en este libro, son propiedad del titular de la marca. Las usamos únicamente con propósitos de identificación. Esta no es una publicación oficial.

COVER: top photo © Shutterstock.com/ Vasyl Shulga, players © John Raoux / Associated Press, PG 4: ©istock.com/Natee127, PG 5: ©istock.com/JerryPDX, ©istock.com/jacoblund, PG 6: © Gianni Tonazzini | Dreamstime.com, PG 7: ©Jarrett Campbell-Cary, North Carolina. creativecommons.org/ licenses/by/2.0/deed.en, PG 8: ©shutterstock.com/Leonard Zhukovsky, PG 9: ©R. Gino Santa Maria/ Shutterfree, Llc | Dreamstime.com, ©shutterstock.com/RTimages (top), PG 10: ©shutterstock.com/ lev radin, PG 11: ©shutterstock.com/kckate16, PG 12: ©shutterstock.com/Jamie Lamor Thompson, PG13: ©shutterstock.com/Keeton Gale (top), © Marty Jean Louis| Dreamstime.com, PG 14: ©shutterstock.com/lev radin, PG 15: ©shutterstock.com/ lev radin (top), ©Jeff Mulvihill Jr. /Associated Press, PG 16: ©shutterstock.com/lev radin, PG 17: ©shutterstock.com/lev radin (all), PG 18: ©shutterstock.com/lev radin, PG 19: © shutterstock.com/ lev radin, PG 20: ©shutterstock.com/ Jamie Lamor Thompson (top), ©shutterstock.com/ Eugene Onischenko, PG 21: © shutterstock.com/lev radin, ©shutterstock.com/ 9dream studio (inset), PG 22: © shutterstock.com/lev radin, PG 23: ©Ted S. Warren/Associated Press, PG 24: ©shutterstock.com/Photo Works, PG 25: © Marty Jean Louis | Dreamstime.com, PG 26: ©shutterstock.com/Photo Works, PG 27: ©Jeff Mulvihill Jr. /Associated Press, PG 28: istock.com/fotokostic, PG 29: ©shutterstock.com/betto rodrigues

Library and Archives Canada Cataloguing in Publication

Title: La MLS / B. Keith Davidson ; traducción de Santiago Ochoa.

Other titles: MLS. Spanish | Major League Soccer

Names: Davidson, B. Keith, 1982- author. | Ochoa, Santiago, translator.

Description: Series statement: Las ligas mayores | Translation of: MLS. | Includes index. | "Un libro de las ramas de Crabtree". | Text in Spanish.

Identifiers: Canadiana (print) 20210294108 | Canadiana (ebook) 20210294116 | ISBN 9781039613584 (hardcover) | ISBN 9781039613645 (softcover) | ISBN 9781039613706 (HTML) | ISBN 9781039613768 (EPUB) | ISBN 9781039613829 (read-along ebook)

Subjects: LCSH: Major League Soccer (Organization)—Juvenile literature. | LCSH: Soccer—United States—Juvenile literature.

Classification: LCC GV943.55.M34 D3818 2022 | DDC j796.334/ 630973—dc23

Library of Congress Cataloging-in-Publication Data

Names: Davidson, B. Keith, 1982- author.

Title: La MLS / B. Keith Davidson ; traducción de Santiago Ochoa.

Other titles: MLS. Spanish

Description: New York, N.Y. : Crabtree Publishing, [2022] | Series: Las ligas mayores | Includes index.

Identifiers: LCCN 2021039998 (print) | LCCN 2021039999 (ebook) | ISBN 9781039613584 (hardcover) | ISBN 9781039613645 (paperback) | ISBN 9781039613706 (ebook) | ISBN 9781039613768 (epub) | ISBN 9781039613829

Subjects: LCSH: Major League Soccer (Organization)--History--Juvenile literature. | Soccer--United States--History--Juvenile literature.

Classification: LCC GV943.55.M34 D3818 2022 (print) | LCC GV943.55.M34 (ebook) | DDC 796.3340973--dc23

LC record available at https://lccn.loc.gov/2021039998

LC ebook record available at https://lccn.loc.gov/2021039999

Crabtree Publishing Company

www.crabtreebooks.com   1-800-387-7650

Printed in Canada/042023/CPC20230414

Published in the United States
Crabtree Publishing
347 Fifth Avenue, Suite 1402-145
New York, NY, 10016

Published in Canada
Crabtree Publishing
616 Welland Ave.
St. Catharines, ON, L2M 5V6